SOUVENIR DE MANIN

DU MÊME AUTEUR :

MÉDÉE, tragédie en trois actes.

LE PAMPHLET, comédie en deux actes.

LOUISE DE LIGNEROLLES, drame en cinq actes et en prose.

GUERRERO, drame en cinq actes et en vers.

ADRIENNE LECOUVREUR, comédie en cinq actes et en prose.

LES CONTES DE LA REINE DE NAVARRE, comédie en cinq actes et en prose.

BATAILLE DE DAMES, comédie en trois actes et en prose.

PAR DROIT DE CONQUÊTE, comédie en trois actes et en prose.

LES DOIGTS DE FÉE, comédie en cinq actes et en prose.

DISCOURS SUR L'IMPRIMERIE, couronné par l'Académie française; 1829.

LES MORTS BIZARRES.

LES VIEILLARDS, poëme.

POÉSIES DÉTACHÉES. — À mon père. — Les Deux mères. — Les Deux hirondelles.
  — Les Deux misères, etc., etc.

ÉDITH DE FALSEN, cinquième édition.

HISTOIRE MORALE DES FEMMES, troisième édition.

DISCOURS DE RÉCEPTION A L'ACADÉMIE FRANÇAISE, le 28 février 1856.

Paris. — Typographie de Firmin Didot frères, rue Jacob, 56.

UN
SOUVENIR DE MANIN

PAR

ERNEST LEGOUVÉ

DE L'ACADÉMIE FRANÇAISE.

PARIS

G. SANDRÉ, ÉDITEUR,
rue des Prêtres-Saint-Séverin, 4

DENTU, LIBRAIRE,
Palais-Royal, galerie d'Orléans, 13.

1858

UN SOUVENIR DE MANIN

Compagnes de plaisirs et de goûts studieux,
Sœurs par des nœuds plus doux que des nœuds de familles,
Un soir, dans un réduit calme et silencieux,
Un livre entre les mains, et des pleurs dans les yeux,
    Un soir causaient deux jeunes filles.

La plus jeune, le doigt sur la page arrêté,
Interrogeait le livre avec anxiété,
Interrogeait sa sœur à ses côtés assise,
Et tandis qu'elle parle, et son front, et sa voix,
Et ses grands yeux naïfs respirent à la fois
    L'enthousiasme et la surprise.

BERTHE (montrant le livre qu'elle tient encore ouvert).

Quoi! ma sœur, ce Vénitien
Dont je vois là l'histoire et si courte et si pleine!

Ce dictateur, homme de bien,
Qui soudain, en un jour, devenant capitaine
    A force d'être citoyen,
Disputa dix-huit mois sa Venise à la haine
    Du tout-puissant Autrichien !
    Quoi ! ce révolutionnaire
Que personne n'accuse, et que chacun vénère (1) !
Quoi ! ce martyr sur qui tant de pleurs ont coulé
Même en la nation qu'il avait combattue !
    Quoi ! cet immortel exilé
A qui son lieu d'exil élève une statue !...
Manin !... Il végétait, ici, dans ce quartier ?
D'un pauvre professeur il faisait le métier,
Il donnait des leçons ?... Il en manquait peut-être !
    Tu le connus ? Il fut ton maître ?...
    Comment osais-tu le payer ?

Oh ! la première fois, ma crainte fut bien grande.
En vain depuis deux jours je m'essayais ! En vain,
Dans le fond d'une bourse, ouvrage de ma main,
Avais-je déguisé mon paiement en offrande,
Je n'en tremblai pas moins dans le moment urgent ;
Je roulais sous mes doigts ce malheureux argent ;

---

(1) Quand on ouvrit en France une souscription pour élever une statue à
Manin, tous les partis approuvèrent cet hommage ; car Manin avait tout fait pour
sa cause, excepté le mal, et il protesta hautement contre des théories mons-
trueuses, qu'il suffit de rappeler pour les flétrir.

Ma main s'avançait, puis se retirait plus prompte ;
Je me sentais rougir, je n'osais regarder :
    J'aurais eu, je crois, moins de honte
    A la tendre pour demander.

BERTHE.

Je le comprends !

CAMILLE.

        Mais lui, me souriant en père :
    « Ah ! pauvre enfant ! quel embarras !
« Allons, n'ayez pas peur ; donnez-moi mon salaire ;
« De meilleurs que Manin ont passé sur la terre
« Vivant de leur travail et n'en rougissant pas !
« Puis, le labeur... soutient ! La paix est sa compagne,
« Et son joug merveilleux semble tout alléger ;
        « Le pain même de l'étranger
        « N'est plus amer quand on le gagne. »

BERTHE.

Dois-je te l'avouer, ma sœur ? sa pauvreté
M'étonne ; je croyais... à tort, je le suppose....
Que d'un emploi public, d'un jour d'autorité
    Il restait toujours quelque chose,
    Même après qu'on l'avait quitté :
Et lui qui, sous l'effort d'une armée assiégeante,
D'un peuple tout entier eut le gouvernement,
Lui qui fut dictateur...

CAMILLE.

Il le fut, mais comment?...
Je ne veux pas, dit-il, que solde ou traitement
Appauvrisse pour moi la patrie indigente !
Et pendant ce long dévouement,
Pendant vingt mois de puissance suprême,
Sais-tu ce qui fit vivre et les siens et lui-même?
Un manuel de droit dont il était l'auteur,
Et le pauvre avocat nourrit le dictateur.

BERTHE (avec émotion).

On nous vante toujours ceux de Sparte et de Rome,
Mais dans tout leur Plutarque est-il un plus grand homme?
Qu'importe que l'État, sous l'Autriche courbé,
Eût plus ou moins de territoire?
Et qu'importe encoré à l'histoire
Qu'il n'ait lutté qu'un jour, et qu'il ait succombé?
Ce livre le dit bien, ce n'est pas la victoire,
Ce n'est pas la durée ou le prix du débat,
Ni le nombre des gens qu'en bataille on dispose,
Non! c'est la grandeur de la cause
Qui fait la grandeur du combat !
Et tous ces fameux Grecs immortels par la guerre
Me touchent moins le cœur que ce pauvre avocat,
Qui, sans armes, sans or, sans pouvoir, sans soldat,
Réveille en un jour cette terre
Qu'on nommait la terre des morts,

Déchaîne d'une main le peuple tributaire,
Mais de l'autre lui met et le frein et le mors;
Ne permet pas un meurtre et pas une rapine,
　　　Même contre les étrangers;
Combat tous les fléaux joints à tous les dangers,
Disette, choléra, bombardement, famine;
Et quand, à bout de force, il ne peut plus lutter,
A son pays vaincu lègue un honneur suprême
Plus durable et plus pur que la liberté même,
　　　La gloire de la mériter!... »

Berthe s'arrête alors, étonnée et confuse
Du langage inconnu que lui dicte son cœur;
D'un sentiment nouveau, parfois l'élan vainqueur
Nous ouvre des pensers que l'âge nous refuse;
Et cet être ingénu, tout à coup s'échauffant
Au mâle souvenir du vaincu triomphant,
Son admiration s'était changée en muse,
Et l'histoire parlait par la voix d'une enfant!
Mais de l'austérité de ce grave langage
Redescendant bien vite aux discours de son âge:

BERTHE.

Était-il jeune encor, chère sœur? Quel effet,
Quand tu le vis d'abord, t'a produit son visage?
Lisait-on sur son front tout ce qu'il avait fait?

CAMILLE. (souriant).

Oui! même on y lisait tout ce qu'il comptait faire.

I.

BERTHE.

T'imposait-il ?

CAMILLE.

Un peu.

BERTHE.

Te faisait-il peur ?

CAMILLE.

Non.

BERTHE.

Près de lui cependant tu devais d'ordinaire
Éprouver ce respect, ce trouble involontaire,
Cette crainte qu'inspire un grand homme, un grand nom !
Lui-même, car enfin ils sont ce que nous sommes,
Devait dire : Je fus dictateur, potentat...

CAMILLE.

Il disait : Plaignez-moi, j'ai perdu mon état ;
Je n'étais bon à rien qu'à gouverner les hommes.

BERTHE.

A chacun de ses mots, un nouvel horizon

S'ouvre, et plus je t'entends, plus je voudrais t'entendre.
Quand vous retrouviez-vous? Est-ce en cette maison?
Savait-il enseigner? qu'aimait-il à t'apprendre?
            Comment se passait ta leçon?

CAMILLE.

D'une assez singulière et piquante façon.
D'abord, pauvre grand homme, il voulut, par scrupule,
Et pour être bien sûr qu'il gagnait son argent,
D'un maître de grammaire empruntant la férule,
M'enseigner verbe, adverbe, et nom, et particule;
Mais las! qu'il était gauche en habit de régent!
Pour lui cette grammaire et son étroite règle
Était comme une cage où se débat un aigle!
Il n'y tint pas. Un jour, rejetant loin de lui
Méthodes et syntaxe... Oh! c'est par trop d'ennui,
Dit-il; ni vous, ni moi ne sommes faits, ma chère,
Pour toujours ressasser ce fatras de pédant:
Cherchons une plus pure et plus haute atmosphère,
Cherchons la liberté, la flamme, la lumière,
Cherchons la poésie!... Et depuis ce moment
Nous n'avons pas ouvert, un jour, le rudiment.

BERTHE.

Quel poëte aimait-il entre tous?

CAMILLE.

            Oh! le Dante!

BERTHE.

Le Dante, fugitif, exilé comme lui !

CAMILLE.

Oui !

BERTHE.

Le Dante, pleurant l'Italie esclave !

CAMILLE.

Oui !

BERTHE.

Le Dante s'écriant dans sa douleur ardente,
« O terre de malheur, que toute gloire a fui ! »
Qu'il devait être beau quand il lisait le Dante,
Et quelle clarté pure en ces jours t'aura lui !

CAMILLE.

Du plus grand de ces jours te dirai-je l'histoire ?

BERTHE.

Oh ! parle !

CAMILLE (après un moment de silence)

Une bien chère et bien triste mémoire
(Mes traits pour lui, dit-on, étaient un souvenir),
A nos graves leçons bientôt venant unir
L'amical abandon des liens de famille
Changeait le maître en père et l'écolière en fille.
Un jour, un jour d'hiver, sombre, humide et glacé,
Il arrive, tremblant de froid, le front baissé :
Fils de cette contrée heureuse et printanière
Où les nuits sont, dit-on, plus belles que nos jours,
De nos hivers pour lui, la brume coutumière
Était encor l'exil,... l'exil de la lumière,
Et sous notre ciel gris il frissonnait toujours.
Dès qu'il entre, selon ma moqueuse habitude,
Près du large foyer du cabinet d'étude
Je l'entraîne, en riant de son air tout transi ;
Mais il lève la tête, et mon cœur est saisi.

BERTHE.

Saisi?

CAMILLE.

D'étonnement, de tristesse, d'alarmes.
Ses yeux étaient gonflés et tout rouges de larmes,
Une pâleur de mort sur son front s'étendait;
Et son regard farouche, et son gant qu'il tordait,
Tout révélait en lui quelque affreuse tempête
Qui dans son âme encor bouillonnait et grondait.

Tremblante, auprès de lui, je mets son cher poëte ;
Il en lit quelques vers, puis le jette : ma main
Lui présente Silvio, Monti, même dédain.

BERTHE.

Qu'avait-il donc ?

CAMILLE.

Attends. Tout à coup il se lève :
« Que m'importent les vers de tous ces beaux esprits,
« Dit-il, sont-ce donc là des hymnes de proscrits ?
« Non ! Le voilà, le chant de la lyre et du glaive ! »
Et tirant un vieux livre en ses habits caché,
Il commence ce psaume incomparable, immense,
Le plus douloureux cri qué trente ans de souffrance
Du cœur d'un peuple esclave aient jamais arraché !
« Le long des fleuves d'Assyrie... »

BERTHE.

Le chant des Juifs ! le chant de la captivité !

CAMILLE.

Lui-même ! Et pas un mot par Manin répété,
Qui dans mon âme encor ne résonne et ne crie !
« Le long des fleuves d'Assyrie,
« Nous étions assis et pleurions ;
« Nous pleurions, ô chère patrie,
« Car de toi nous nous souvenions ! »

BERTHE.

O malheureux ! Je vois, je vois couler ses larmes !

CAMILLE.

« Sion ! Sion ! belle de tant de charmes !
« Sion, objet de tant d'alarmes !
« Chère Sion ! avant de t'oublier,
« Mes yeux oublieront la lumière,
« Et ma langue, comme une pierre,
« Se séchera dans mon gosier !

« Nos maîtres nous ont dit : Esclaves,
« Vos voix sont douces et suaves,
« Chantez-nous... »
A ce mot « chantez-nous » il hésite, il s'arrête,
Et froissant dans ses mains le livre du Prophète...
Chanter ! chanter ! dit-il, en marchant à grands pas,
Voilà l'odieux mot que l'Europe répète,
Vous êtes des chanteurs, des instruments de fête ;
La musique et les vers, voilà votre œuvre !... Ingrats !
Parce que l'Italie a sur leur froide race
Épanché ses trésors d'élégance et de grâce,
Et qu'ils ont de nous seuls appris tout ce qui plaît,
Leur dédain, pauvre peuple, armé de ton bienfait,
Te refuse un cœur d'homme, à toi qui les enchantes,
Et nous accable avec nos qualités charmantes !

BERTHE.

Il a raison!

CAMILLE.

Hé bien! s'écria-t-il enfin,
Assez d'affronts! Debout! Faisons voir à la terre
Que notre arme n'est pas un luth de baladin!
Des fusils! des canons! La bataille! la guerre!
Et jetons-leur le cri du Psalmiste divin!
    « O misérable Babylone!
    « Heureux celui qui te rendra
    « Tout ce que souffre et souffrira
    « Le peuple que Dieu t'abandonne!
    « Heureux, heureux les triomphants,
    « Qui, de pleurs noyant ta paupière,
    « Écraseront contre la pierre...
    « Le front de tes... petits... enfants!... »
Non! non, dit-il soudain, en pâlissant d'effroi,
Non! ne me croyez pas! Je blasphème! Qui? Moi!
Moi, Manin, qui suis bon, humain; moi qui fus père,
Moi!... Moi!... Parler d'enfants écrasés sur la pierre,
Et du meurtre mêler les sinistres accents
Aux leçons dont j'entoure une enfant de seize ans!
Pardonnez! pardonnez! chère et douce Camille.
Si j'appelais leur mort, c'est qu'ils ont, eux aussi,
Tout tué parmi nous, tout brisé sans merci;
C'est qu'ils nous ont ravi patrie, amis, famille;

C'est qu'à pareil jour, moi, moi-même... j'ai perdu...
Et sans pouvoir finir il s'enfuit éperdu...
Ce jour était le jour de la mort de sa fille!

BERTHE.

Une fille!... Il avait une fille!

CAMILLE.

Vingt ans,

Vingt ans à peine!

BERTHE.

Et morte! En quels lieux ? en quel temps?

CAMILLE.

En France! Dans l'exil! Morte comme sa mère!
Morte en le laissant seul sur la terre étrangère!

BERTHE.

Oh! c'en est trop, mon Dieu! c'en est trop pour un cœur!

CAMILLE.

Eh! que dirais-tu donc si, comme moi, ma sœur,
Tu les avais pu voir, elle et son père, ensemble!
Entre un père et sa fille, il est parfois, ce semble,
Un nœud mystérieux, plus puissant et plus doux

Que du père à son fils, de l'épouse à l'époux,
La différence même et du sexe et de l'âge,
Certain rapport secret d'esprit ou de visage,
Ce qu'un front de seize ans par son candide aspect
Répand autour de soi de calme et de respect,
Enfin, je ne sais quoi de pur, de poétique
Que le cœur sent bien mieux que la voix ne l'explique,
Et qui s'échappait d'eux comme un rayonnement,
Faisait de leur tendresse un spectacle charmant.

BERTHE.

Je le crois! Se sentir la fille d'un tel père!

CAMILLE.

Elle était tout ensemble et sa fille et sa mère;
Et leur amour croissait de toutes leurs douleurs!
Tour à tour consolés ou bien consolateurs,
Chacun, que ce fût l'ange ou que ce fût l'apôtre,
Séchait soudain ses pleurs s'il voyait pleurer l'autre,
Et dans ce doux mélange et de soins et d'appui,
Elle, pour l'affermir, devenait forte, et lui,
Lui, touchant abandon de l'amour paternelle,
Il faiblissait parfois pour s'appuyer sur elle!

BERTHE.

Mais il avait donc tout: grâce, bonté, douceur!

CAMILLE.

Hélas! Il l'avait, elle! Et dans ce jeune cœur
Il retrouvait si bien son héroïque flamme!
C'était si bien l'enfant de son sang, de son âme!
Ah! lorsqu'il la voyait, l'œil brillant de fierté,
Tressaillir et pâlir au nom de liberté,
Il lui semblait, orgueil et volupté suprême,
Voir paraître à ses yeux l'Italie elle-même,
Mais l'Italie heureuse et la jeunesse au front,
Pure de tout excès comme de tout affront,
Les mains libres, debout, belle, régénérée,
Telle qu'au monde, un jour, lui-même il l'a montrée,
Et telle qu'à son heure, et quand le temps viendra,
Que nos cœurs en soient sûrs, Dieu la réveillera!

BERTHE.

Mais elle!... son enfant! mourir en pleine vie!
A notre âge! comment? par quel fléau ravie....

CAMILLE.

Un fléau! Tu dis bien! Mal étrange, inconnu,
Fatal comme l'exil dont il était venu!
Ah! si je te contais cet horrible martyre,
Si je te disais... Non! Je ne veux pas le dire,
Non! Ce fut trop affreux! Mais sache seulement
Que pendant vingt-deux mois d'incurable tourment,

Lui seul dut la soigner, la veiller, la défendre,
Qu'une aide mercenaire il ne pouvait la prendre,
Trop pauvre pour payer, trop fier pour recevoir !
Et le matin, après ces nuits de désespoir,
Quand la nature en lui succombait épuisée,
Tout pâle d'insomnie, et la tête brisée,
Il allait, se traînant plutôt qu'il ne marchait,
Reprendre ses leçons et gagner son cachet,
Pour pouvoir, de l'enfant qui dans ses bras expire,
Alléger, hélas non ! prolonger le martyre;
Mais ce martyre était tout ce qui lui restait :
Il la voyait souffrir, oui !... mais il la voyait !... »

De Camille, à ces mots, la voix tombe et s'arrète;
Les pleurs la suffoquaient. Elle cache sa tête
Dans les bras de sa sœur qui sanglottait aussi,
Et toutes deux longtemps demeurèrent ainsi,
Honorant, dans leur âme héroïque et fidèle,
Des douleurs de l'exil cet accompli modèle !
Puis relevant les yeux, et d'un ton faible et lent,
Toutes les deux, moitié pleurant, moitié parlant :

BERTHE.

Combien encor survécut-il ?

CAMILLE.

Deux ans à peine,

BERTHE.

Le revis-tu souvent ?

CAMILLE.

Un jour chaque semaine.

BERTHE.

Il était donc toujours maître d'italien?

CAMILLE.

Oui, puisqu'il n'avait rien, et qu'il n'acceptait rien.

BERTHE.

Et ta vue à son cœur n'était pas douloureuse?

CAMILLE.

Je lui faisais du bien.

BERTHE.

Que je te trouve heureuse!
Était-il très-changé?

CAMILLE.

Non, pas trop! Seulement,
Il parlait bien plus bas, marchait plus lentement,
Et semblait, par moment, respirer avec peine.

BERTHE.

Ah !

CAMILLE.

Comme j'avais vu qu'il perdait presque haleine,
Quand, l'escalier franchi, dans ma chambre il entrait,
J'allais à lui, sitôt que la porte s'ouvrait,
Lui parlant la première..., avec chaleur..., de suite ;
De ma ruse innocente il s'aperçut bien vite,
Il voyait tout : alors, de son air fin et doux,
Il me dit, souriant : Vous êtes bonne, vous !
Mais le coup est porté, mon enfant, et peut-être
Vous faudra-t-il bientôt choisir un autre maître.
Les leçons, en effet, jour à jour, s'espaçaient ;
Quelques mots de sa main souvent les remplaçaient ;
Puis, un matin, sa plume elle-même s'est tue,
Et quelques jours plus tard... on votait sa statue !

L'entretien s'éteignit de nouveau dans les pleurs.
Mais bientôt, et tout bas, la plus jeune des sœurs
Reprit : Je voudrais bien, Camille, à son image
Apporter mon offrande...

CAMILLE.

                    Oui ! mais un tel hommage
Venu de notre part, peut-être étonnera.

BERTHE.

Nous tairons nos deux noms et nul ne le saura... »

Vain espoir! on le sait, enfants; on vous a vues!
Tandis que du proscrit vos âmes ingénues
Reflétaient, pur miroir, le sévère profil,
Il entendait tout, lui! Jusqu'à lui, vos louanges
Montaient comme un écho du chant même des anges;
    Et cependant son front viril
Se penchait, tout ému, sur sa fille chérie,
Car il l'a retrouvée, et dans une patrie
    Où l'on ne connaît pas l'exil!

9 782014 439540